Über Kurt Gutmann

Wer möchte nicht
im Leben bleiben...

Aufgeschrieben von Ursula Böhnke-Kuckhoff

Herausgegeben von Kurt Gutmann

Aufgeschrieben von
 Ursula Böhnke-Kuckhoff

Layout und Umschlaggestaltung:
Fabian Tischer
Herstellung und Verlag: Books on Demand
GmbH, Norderstedt
ISBN: 3-8334-4599-8

Das aber muss bleiben

Was haben sie nicht alles verursacht, die Nationalsozialisten! Besser bezeichnet sind sie mit dem Wort "Nazis", das für alle, die sie kannten, ihre Zeit miterlebten, das Zerstörerische beinhaltet, was sie mit sich brachten. In wie viele Schicksale griffen sie ein, allein im Bereich meines Lebensumfelds haben sie erbarmungslos getötet, zerstört. Und ihre Taten greifen bis in die heutige Zeit, auch auf die Nachfolger der Opfer.
Die Kriegstrümmer sind heute – 60 Jahre nach dem Ende des furchtbaren 2. Weltkrieges verschwunden. Es gibt immer weniger Zeitzeugen. Schon beginnt man Dinge zu verharmlosen, sogar umzudrehen, anders zu werten als sie gewesen sind. Was eine Familie aber erlebt hat und wie sie davon geprägt wurde, das muss bleiben, darum muss man erzählen, aufschreiben, aufheben. Meine eigene Familie blieb, bis auf den Schaden, den der Bombenkrieg verursachte, auch seelischen Schaden, an dem mein jüngerer Bruder später verstarb, weitgehend verschont. Wir waren Katholiken, das war eine von den Nazis verabscheute, aber noch nicht offen bekämpfte Spezies. Noch brauchten sie ja die Pfarrer, die ihre Krieger segneten, einen

Papst, der die Stimme nicht gegen sie erhob. Und sie hatten vor, erst einmal anderes „unwertes" Leben auszutilgen.

Dazu gehörten natürlich für sie all jene, die sich gegen sie aussprachen, die ihre mörderischen Absichten schon zeitig erkannten, und die später den Krieg verabscheuten und helfen wollten, ihn zu beenden. Ich denke auch an die, welche meine Vorbilder sind und später auch mit mir familiär verbunden wurden, wie der Dichter Adam Kuckhoff, Mitglied der Roten Kapelle, in Plötzensee hingerichtet, der Vater meines Mannes. Und auch der zweite Mann seiner Mutter, Hans Otto, jugendlicher Held im Staatstheater Berlin, Kommunist, war als erster Schauspieler schon 1933 von der SA aus dem Fenster gestürzt worden und mit 33 Jahren verstorben.

Ich will aber hier von Kurt erzählen, den ich erst viele Jahre nach der Nazizeit kennen lernte als Schwiegervater meiner jüngsten Tochter. Kurt ist so alt wie ich. Aber wir hatten keine vergleichbare Kindheit.

Er und seine Familie besaßen den von den Nazis so bezeichneten „Makel", Juden zu sein. Das war genau die Menschengruppe, gegen die der größte Hass dieses sogenannten "Dritten Reiches" gerichtet war.

Kurt entkam ihnen, aber sie haben untilgbaren Schaden bei ihm angerichtet. Sie stahlen ihm, einem Kind, das Lachen, die Fröhlichkeit. Er bekannte in einem späteren Interview, dass er es nie mehr zurückbekommen konnte. Das Lachen aber, die gelassene von innen kommende Heiterkeit, gehört zum Menschen. Ohne sie fehlt ihm eine wesentliche Seite im Leben, was der Gesundheit an Leib und Seele schadet.

Trifft Kurt auf etwas, das ihn an damals erinnert, bricht er zusammen. So erst kürzlich, als er mit der jüngsten Enkelin im jüdischen Museum, in jenem dunklen Turm der Erinnerung weilte.

Oder auch vor einiger Zeit in einem Dokumentarfilm über Auschwitz. Als ein Koffer gezeigt wurde, auf dem der Name der Familie eines Freundes stand und er vermutete, dass Mutter und Bruder im gleichen KZ umgekommen seien.

Kurt ist manchmal sehr schweigsam, auch ungerecht, wenn der Sohn, der äußere Ähnlichkeit mit dem umgebrachten Bruder hat, dessen Namen er trägt, nicht so reagiert, wie es dieser vielleicht getan hätte. Wie es aber auch nicht sein kann. Kurts Sohn ist ein anderer, in anderer Zeit und dennoch auch einer, der über die verschiedensten Wege versucht, sich Vaters Welt zu nähern, ihn zu verstehen. Und wenn er heute Mitglied im jüdischen Kulturverein ist, so weiß Kurt dass dies auch eine Verbeugung vor ihm, dem Vater, ist. Er hat seinen Kindern nicht viel über sich erzählen wollen oder auch können. Wie bei so vielen Betroffenen brachen sich auch bei ihm erst spät Worte einen holprigen Weg. Manche Türen in sein Inneres hält er vielleicht für immer verschlossen. Vieles hat ihm aber auch die in dieser Beziehung gnädige Zeit hinweg gewischt. Die Erinnerung holt – wenn man an die achtzig kommt – manches nicht mehr so plastisch hervor. Für vieles ist es gut so, für anderes aber auch schade. Am besten haben es Leute, die zu vielen Zeiten Tagebuch schrieben. Hier haben wir aber keines. Versuchen wir also, mit Kurts Erinnerungen in seine Kinder- und Jugendwelt hineinzuschauen.

*Es war einmal eine Mutter, die hatte
drei Söhne, die sie von Herzen liebte...*

Das Wertvolle und das Besondere

Einst saß eine dunkelhaarige schöne junge Frau in der Wohnstube über eine Strickarbeit gebeugt, zählte die Maschen und sang: „Sah ein Knab ein Röslein stehn..." Die Kinder hatten Schulhefte vor sich und schrieben an ihren Hausaufgaben. Kurt, der Jüngste nahm das Lied auf und summte es mit. Er hatte, gerade sieben geworden, sein erstes Schuljahr in der jüdischen Schule von Krefeld beendet.
Die drei Gutmann-Brüder hatten keinen Vater mehr. Er war an einer Lungenkrankheit gestorben, als Kurt ein und ein halbes Jahr alt wurde. Das hat ihm die schreckliche Nazizeit erspart, aber für die Familie war es nicht so einfach, ohne Vater auszukommen. Der hatte es nicht verstanden, aus dem Samt- und Seidenhandel, den er betrieb, großen Reichtum zu gewinnen. Er war einfach zu gutmütig gewesen, wurde ihm nachgesagt. Ein winziges Reihenhäuschen bewohnten sie in Krefeld, und die Mutter erhielt eine niedrige Rente. Sie strickte kunstvolle Decken für Interessenten. Dafür gab es nicht viel Geld, aber sie saß die halben Nächte daran, denn die komplizierten Muster waren nicht so einfach wegzustricken. Man musste ständig auf den Vorlagen nachsehen, die links oder rechts, den Umschlag

oder zwei zusammen zu stricken empfahlen, damit später Rosen oder andere Ornamente entstanden. Leute mit guten Stuben, die sich so ein Wohnzimmer leisten konnten, legten dann solche Strickdecken auf, was damals modern war.

Die Mutter kochte wunderbare jüdische und andere Gerichte, auch so einfache, wie Kartoffelbrei mit Apfelmus, was „Schlesisches Himmelreich" hieß und auch gefüllte Milz. Sie hatte das Kochen im jüdischen Mädchenpensionat in ihrer Jugend gelernt.

Im Garten gab es ein Kirschbaumspalier. Die Früchte waren von der Mutter schon für Marmelade vorgesehen. Da lud Kurt eines Tages alle Kinder der Straße ein, sie mit ihm zu ernten und zu verspeisen. Gelobt wurde er daheim dafür natürlich kaum.

Einmal bekam er zum Geburtstag vom Onkel 5 Reichsmark geschenkt. Unendlich viel Geld. Kurt kaufte davon Blätterteigkekse, die ihm auch selbst am besten schmeckten, für die Familie. „Aber Kurt!" barmte die Mutter. Wie gut hätten sie das Geld für neue Stiefel gebrauchen können. Doch Kurt wollte Mutter und Brüdern eine andere Freude bereiten.

Eingeschult worden war Kurt noch an der jüdischen Schule in Krefeld. Aber ehe sich irgendwelche Freundschaften über den Kirschbaum hinaus mit anderen Kindern bilden konnten, zog die Familie nach Mühlheim zur Familie Kann. Mutters Vater war verstorben und im Haus der Großmutter gab es genug Platz und es war billiger dort zu leben.

Einer der Brüder der Mutter war Vorsteher der jüdischen Gemeinde in Mühlheim und hatte weder Frau noch Kinder. Manchmal schnappte er sich seinen Lieblingsneffen Kurt und ging mit ihm spazieren. Ja, er erzählte auch über den lieben Gott und die Bräuche des Judentums. Aber Kurt hörte es und nahm es auf, wie andere die Märchen aus Tausend und einer Nacht. Daheim in der Familie bei Mutter Jeanette gab es kaum jüdische Sitten und Gebräuche. Die Kerzen vom Channukka-Leuchter wurden angezündet, selten gingen alle zu Festtagen in die Synagoge. Es kam sogar vor, dass die Mutter die Familie schockte. Sie kaufte Schweinefleisch und bearbeitete es so, dass sie den anderen dann einredete, es wäre ein Rindergericht. Erst nachdem sie – denen es ja nach ihrem Glauben verboten war, Schweinefleisch zu essen – das Gericht verspeist hatten, tischte sie ihnen die Wahrheit auf. Es geht das Gerücht um, dass dann manchem richtig schlecht geworden sei.

Die Mutter träumte von einer Welt, in der es allen Leuten gut gehen sollte. So versuchte sie auch, die Jungen zu erziehen. „Man muss teilen, wenn man etwas hat." Doch sie hatte ja nicht viel, und manchmal fürchtete sie, das Leben mit den Jungen nicht zu schaffen. Dann verlor sie jede Zuversicht, vor allem als der braune Mob vor dem Fenster tobte. Einmal – völlig ohne jede Hoffnung – versuchte sie sogar, aus dem Leben zu gehen. Zum Glück aber fand man sie, und sie hielt sich an den Jungen fest, gerade an Kurt, dem Kleinsten, der ihre Not bemerkte und viel zu früh das Leid, die Sorgen der Erwachsenen auf den kleinen Schultern tragen musste. Zu vielen anderen Ängsten von Kurt gesellte sich nun auch noch die tägliche Angst um die liebe Mutter. Wenn er aus der Schule kam, auf den Klingelknopf drückte, bangte er, würde sie öffnen? Hatte sie den Tag überstanden?

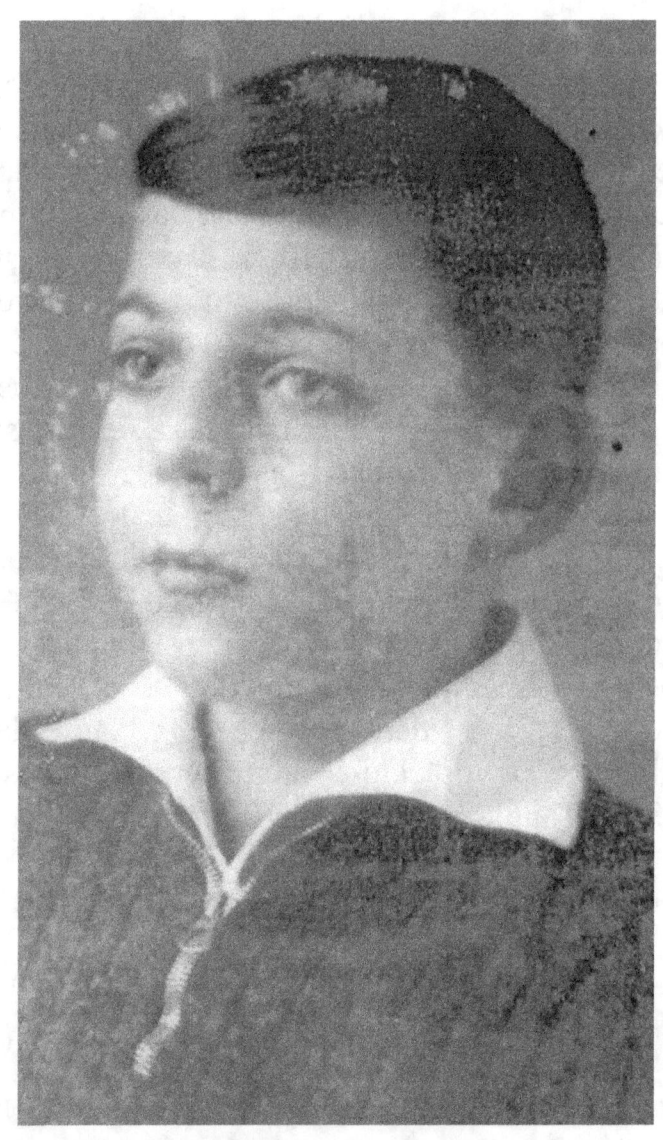

Kurt in jener kirschbaumfröhlichen Kinderzeit

Es kam aber auch für Mutter Jeanette noch einmal das Glück. Ein Mann trat in ihr Leben, der ihr gut tun wollte. Er machte Pläne. Er wollte sie und die Jungen nach Amerika holen. „Sah ein Knab ein Röslein stehn..." sang die Mutter versonnen. „Soll ich ihn heiraten?" fragte sie ihre Jungen. Die aber entschieden: „Nein!" Was wussten die Jungen schon vom Glück der Mutter, von dem, was sie sich ersehnte? Liebe? Sie hatten keine Ahnung, dass ein Mensch, schon über 40 Jahre alt, noch „so etwas" brauchte. Eltern sind sowieso für Kinder fast geschlechtslose Wesen. Die Mutter aber achtete die so absolut egoistischen Wünsche ihrer Jungen. Sie sagte dem Mann, der sie lieben und heiraten wollte ab, weil die Brüder kategorisch einen neuen Vater abgelehnt hatten. Wie anders hätte das Leben verlaufen können! Aber alles WÄRE und HÄTTE ist nutzlos im Nachhinein. Das Leben, die Sorgen um die heranwachsenden Jungen, ließen der Mutter keine Zeit zum Träumen. Die Liebe war in Amerika. Der Platz dafür im Herzen der Mutter blieb verschlossen. So erzählte sie auch den Jungen nicht, was Liebe sei und wie sie ja auch für sie einmal kommen würde. „Mädchen darf man niemals schlagen," hatte sie ihrem tatlustigen Kleinsten beigebracht, „auch dann nicht, wenn sie dir weh getan haben!" Eine Aufklärung gab es nicht, zumal ja

Mutter auch sicherlich dachte, für Kurt, den Kleinsten, kann es noch kein Thema sein. Und der Große – nun ja, er war ein ausgezeichneter Schüler, aber man hatte weder das Geld noch die Möglichkeit, ihn an ein Gymnasium zu schicken. Außerdem war es bald verboten für jüdische Kinder, eine höhere Schule zu besuchen. So musste der Hans eine Elektrolehre annehmen. Die konnte er aber auch nicht beenden, da ein Gesetz erlassen wurde, was den jüdischen Kindern eine Lehre nicht mehr gestattete. So schleppte er schon mit 16 die schweren Mauersteine als Hucker auf die Baugerüste. Von den wenigen Pfennigen, die er dort verdiente, gab er aber auch dem kleinen Bruder etwas, damit er sich Bonbons kaufen konnte. Er liebte ihn sehr, diesen Kleinen.

Für Fritz, den zweitältesten Jungen, war das Leben in der Familie bald vorbei. Als sehr guter Schüler und Halbwaise bekam er 1934 die Möglichkeit nach Schottland in ein Waisenhaus zu kommen. Die jüdische Gemeinde sorgte dafür. Hier konnte er das Abitur machen und für ein Studium vorbereitet werden, was ihm im Deutschland der Nazizeit nicht möglich war.

Als Fritz fuhr er also nach Schottland. Im Waisenhaus nahm man ihm diesen Namen ab und er musste sich Frank nennen. Fritz war wohl ein gar zu deutscher Name. Dieser Wechsel hat ihn in der entscheidenden Zeit seines Lebens so geprägt, dass er den Namen auch später, nach dem Krieg, nicht mehr ablegte. Er blieb Frank und auch den Nachnamen führte er nicht mehr als Gutmann sondern nannte sich Goodman. Er bemühte sich dann – als Lehrer – niemals seine deutsche Abstammung oder gar seine jüdische zu erwähnen. Als er im Jahre 2003 starb, nahmen seine Freunde und Bekannten seine Herkunft sehr irritiert zur Kenntnis. Er hat im Jungeninternat andere Möglichkeiten der geschlechtlichen Liebe erfahren müssen und so niemals im Leben geheiratet, aber auch keinen gleichgeschlechtlichen Partner gehabt.

Hans, dem ältesten der Gutmannsöhne war der Weg nach Schottland verwehrt, denn er war schon zu alt für das Waisenhaus.

Die Mutter aber lebte ihr freudloses und mit vielen Ängsten beladenes Leben in Mühlheim bei der Großmutter weiter. Der Familiengesang verstummte. Auf den Straßen liefen die faschistischen Horden. So lange es möglich war, holte sie sich Mut, Zuversicht aus den heimlich abgehörten Sendungen von Radio Luxemburg, aber auch von der klassischen Musik. Ihre Liebe zur guten Musik hat sie den Kindern weitergeben können. Das haben sie mit ins Leben genommen. Auch der zum Frank gewordene Fritz.

Die Nazis zogen mit erschreckenden Parolen umher. Sie schleppten Puppen in ihren Umzügen mit, Schilder mit der durchgestrichenen Aufschrift „Juden" und Plakate die „Juda verrecke!" verkündeten. Sie sangen: „...und wenn das Judenblut vom Messer spritzt, dann geht's noch mal so gut."

Immer wieder kam Kurt mit neuen schrecklichen, ein Kind sehr beängstigenden Erlebnissen nach Hause.

Er besuchte die evangelische Schule in Mühlheim. Der Rektor seiner Schule, der schon früh SA-Mann geworden war, machte sich gemeinsam mit dem Geschichts- und Sportlehrer einen Spaß daraus, den Achtjährigen zu schikanieren.

Geschichtsstunde. Der Lehrer rief ihn auf. „Gutmann! Zum Direktor!" Kurt bekam irgendeinen Auftrag. Er sollte ein Heft übergeben oder ähnliches. Beim ersten Mal wusste er nicht, was kommen würde. Er ging zum Rektorzimmer, klopfte an. „Guten

16

Morgen!" grüßte er und wollte seinen Auftrag melden. Der Rektor aber schrie ihn an: „Wie grüßt ein deutscher Junge?" Kurt schwieg. Der Rektor, wusste genau, dass Kurt nicht als deutscher Junge benannt werden durfte. Juden war es verboten mit „Heil Hitler" zu grüßen. Kurt rührte sich also nicht. Der Rektor holte den Rohrstock hervor und verpasste dem Kind zehn heftige Stockschläge. Dann musste der Junge unverrichteter Dinge wieder gehen. Er brachte das Heft zurück in die Klasse. Und dort schlug der Geschichtslehrer noch einmal auf ihn ein. Er hatte ja „seinen Auftrag nicht erfüllt". Die Klasse johlte. Die Jungen taten sich in Grüppchen zusammen, um Kurt auf dem Heimweg ebenfalls zu verprügeln. Einer allein traute sich nicht an ihn heran, denn der Junge war stark und konnte sich schon wehren. Aber heimlich und still schlichen sich vier oder fünf Jungen an, klopften Kurt von hinten auf die Schulter und warfen ihn gemeinsam zu Boden. Immer und immer wieder passierte das, jeden Tag diese Überfälle auf ihn, und die Mutter musste dem blutverschmierten Jungen die Wunden kühlen. Angst und Schmerzen begleiteten seine Schulwege. Bis in sein spätes Alter ist das geblieben, Kurt zuckt zusammen, wenn ihn jemand von hinten antippt.

Es war eine traurige Zeit. Nur einer der Jungen hielt sich ebenfalls abseits und wurde genau wie er verschmäht. Es war der Sohn eines kommunistischen Bergarbeiters. Sich abseits von solchen Exzessen zu halten, war damals schon Mut und zeigte still die Symphatie, die einer zum anderen Geschlagenen hatte. Wenn die übrigen Jungen ins Schwimmbad gingen, musste Kurt draußen bleiben, konnte also das Schwimmen nicht erlernen. Die Familie durfte später das Radio, den kleinen Detektorempfänger, nicht mehr haben, kein Tier halten, nicht einmal Blumen ins Fenster stellen. Auf den Parkbänken stand „Für Juden verboten!" In Bus und Bahnen durften sie keine Sitzplätze einnehmen. Der Besuch von Kino und Theater war selbstverständlich für sie verboten.

Die Pogromnacht kam. Die Nazis nannten sie auch Reichskristallnacht. Sie zerschlugen Fensterscheiben, Schaufenster, Geschirr jüdischer Bürger und richteten Schrecken und Schaden an. Seit Großvaters Tod blieben die Rollladen der ehemaligen Metzgerei immer geschlossen. So konnten hier keine Fenster eingeschlagen werden.

Aber dann klingelte es auch bei ihnen. „Wo ist Hans Gutmann?" Mutter wurde blass. Doch mit sicherer Stimme antwortete sie. „Er ist nicht zu Hause. Außerdem ist er ja noch nicht einmal fünfzehn". Sie konnte das bescheinigen, und so zogen die SA-Leute unverrichteter Dinge grölend wieder ab, denn Kinder unter sechzehn Jahren wurden in diesem Jahr nicht abgeholt. Zitternd blieb Kurt mit der Mutter am Fenster.

Da läutete es noch einmal. Vorsichtig öffnete die Mutter. Herbert, ein Cousin von ihr, stand vor der Tür. Hastig zog sie ihn herein. Das Licht wurde gelöscht. Man unterhielt sich flüsternd im Dunkel, voller Angst vor weiterem Unheil. Der Cousin zog am nächsten Tag weiter, ein neues Versteck zu suchen, denn bei Gutmanns war er ja überhaupt nicht sicher. Als nächste schreckliche Nachricht erfuhr die Familie, dass ein anderer Cousin, ein Rechtsanwalt in Düsseldorf aus dem Fenster seiner Wohnung gestoßen worden war, wonach er verstarb.

Nach der Pogromnacht trauten sich die jüdischen Familien kaum auf die Straße. Kurt wurde zum Einkaufen geschickt. Er war ein dunkelblondes Kind mit blauen Augen, das überhaupt kein jüdisches Aussehen hatte.

Nun gab es in jüdischen Familien immer wieder nur noch ein Gespräch: Wie könnte man auswandern? Woher käme Geld dafür? Hans und Kurt wären beinahe nach Holland geschickt worden. Es stand sogar schon fest, wann der Transport gehen würde – da kam etwas dazwischen. Jemand hatte mehr Geld bieten können, war reicher als die Gutmanns, also bekam jener für seine Familie die begehrten kostbaren Plätze und es wurde weiter überlegt und geplant.

Um nach Amerika zu kommen, musste man dort jemanden haben, der viele tausend Dollar für einen hinterlegte. Das Einwandererproblem war also sehr schwierig und wurde für die meisten jüdischen Bürger unmöglich gemacht.

Nach England kam ein Erwachsener nur, wenn er dort eine Arbeitsstelle, entweder im Haushalt oder in der Landwirtschaft vorweisen konnte.

Einzig nach China hätte man ohne Geld oder eine Arbeitsstelle zu haben, reisen können. Aber Jeannette Gutmann hatte nicht das Fahrgeld für diese weite Schiffsreise.

Im Juni 1939 kam Kurt dann doch noch mit dem allerletzten Kindertransport nach Schottland. Mutter war froh, denn der Junge würde im gleichen jüdischen Waisenhaus leben wie der Bruder. Sie meinte, wenn sie zwei aus der Familie wären, würde Kurt nicht so viel Heimweh bekommen. Vom allerletzten

Reservegeld, das noch vom Verkauf des kleinen Häuschens in Krefeld übrig war, kaufte sie ihm Schuhe und eine warme Jacke. Ach, wie wenig war es gewesen, das sie, gutmütig und überhaupt nicht geldgierig dem neuen Besitzer ihres Häuschens abverlangt hatte. Was sie an wenigen Wertgegenständen hatten, mussten sie ja an die Nazis abgeben, Goldringe, Silberbesteck.
Gegen das Heimweh gab sie Kurt ein Album mit Fotos der Familie mit.
Kurt nahm schweren Herzens Mutters Anblick, ihre versteckten Tränen in den traurigen Augen mit auf die Reise.
Da fuhr dann der Zug mit den winkenden jüdischen Kindern aus dem Bahnhof. Die meisten würden ihre Verwandten niemals wiedersehen. Die wenigstens wussten es. Als sie die Grenze nach Holland überquerten, begann einer zu singen und alle fielen ein: „Nun ade, du mein lieb Heimatland...". Allen war schlimm ums Herz. Sie sangen treuherzig und schon jetzt sehnsuchtsvoll. Geweint haben sie später, als sie erfahren mussten, wie böse im lieben Heimatland ihren Familien mitgespielt wurde. Der Zug fuhr nach Holland bis ans Meer. Dann stiegen sie um auf das Schiff. Noch nie war Kurt vorher verreist gewesen. Er kannte nur die Strecke zwischen Krefeld und Mühlheim. Da lag es nun vor ihm, das riesige Meer. Es war ein Sommertag, wie

gemacht für einen schönen Urlaub mit weichem Sand und Spiel in den Wellen. Der Wind trug die Kinderträume übers Wasser und zerblies sie allesamt.

Als die Kinder endlich müde ihr Ziel, das schottische Waisenhaus erreichten, begannen die Enttäuschungen. Das erste, was man Kurt abnahm, war das Fotoalbum mit den Familienbildern. Es sollte alles reduziert werden, was an früher, an die Eltern, an Deutschland erinnerte. Der Leiter des Waisenhauses, ein ehemaliger Schulrektor und seine Frau, waren mürrisch und nicht kinderfreundlich. Kurt schämte sich, als er mit ihm zusammen eine Schulkappe kaufen ging, die alle Kinder zu tragen hatten, und der Mann die schäbigste, billigste heraussuchte und den Preis im Beisein des Jungen noch unverhältnismäßig zu drücken versuchte.
Eine schlimme Erfahrung wurde auch der Bruder, der sich in den fünf Jahren nicht nur mühelos von Fritz zu Frank sondern auch zu einem schrecklichen Egoisten gemausert hatte. Er drangsalierte den kleinen Bruder, hatte kein gutes Wort für ihn. Distanzierte sich so weit es nur ging von Kurt. Frank war der Älteste im Waisenhaus und für die Disziplin verantwortlich gemacht worden. Er verlangte von Kurt, dass er

nicht auffiel und alles noch zehnmal besser als die anderen machte. Er schickte ihn sogar eine halbe Stunde früher als die anderen zu Bett, was eine schreckliche Schikane für einen heranwachsenden Jungen ist. Wie oft musste Kurt einen Buff von ihm ertragen, wo ihm doch jede körperliche Berührung nach den Erlebnissen seiner Schulzeit in Mühlheim einen schmerzlichen Schock verursachte. Als die Mutter Frank dringend bat, für sie und den anderen Bruder eine Stellung zu suchen, damit sie vielleicht im allerletzten Moment der Möglichkeit aus Deutschland fort könnten, lehnte er es ab. Er wollte nicht mit noch mehr Familie belastet sein, hielt das für seine Karriere nicht für förderlich.

Und Kurt erlebte auch hier keine Kinderspiele, keine Kinderfreude, wie er es sich insgeheim gewünscht, wonach er sich schon auf der Fahrt übers Meer gesehnt hatte. Die Sprache war fremd. Und die Erziehung im jüdischen Kinderheim unwahrscheinlich streng. Er sollte in jüdischer Tradition aufwachsen, für alles gab es Gebete vom Morgen bis zum Abend. Mit dreizehn Jahren ist man dem jüdischen Glauben nach volljährig. Das wird mit dem Fest der Bar Mizwah gefeiert. Dazu gehörte, dass jeder dieser „Volljährigen" einen großen Abschnitt hebräischen Textes auswendig aus der Thora vorzutragen hatte. Wohl hatte er schon in Deutschland ein wenig gelernt, hebräischen Text zu lesen, aber es war mühselig, denn im Hebräischen gibt es keine Vokale, nur Konsonanten, und er wusste nicht, was die Worte bedeuteten, die er auswendig sprechen musste.

Das Lernen – mit den Bildern aus Deutschland im Kopf – fiel ihm schwer. Immer drängten sie sich dazwischen und belasteten die Gedanken des Jungen. Er wusste, was in Deutschland geschah. Es ging auch in der Mundpropaganda unter den jüdischen Emigranten herum: In Deutschland gab es die Züge nach Auschwitz – Maidanek, Buchenwald. In Deutschland gab es die Gaskammern und Todesöfen. Nur wenige Karten der Mutter erreichten noch die Kinder. Sie erfuhren, dass die Großmutter von Mutters Geschwistern nach Argentinien geholt, gerettet worden war. Warum nicht Mutter Jeanette? Das Geld, Familienzwistigkeiten, entstanden aus Glaubenswidersprüchen, nie offen erklärbar geworden, müssen eine Rolle gespielt haben. Mutter - wie viele Träume um sie hatte Kurt! Wie oft fuhr er erschrocken aus dem Schlaf hoch.

Natürlich war es auch nicht leicht, in einem Land zu leben, das eine völlig fremde Sprache hatte, wo ein Kind nicht wusste, was „Schule" und „Liebe" und „Schreiben" und „Rechnen" und „Rose" und „Knabe" hieß, wo es das mühselig heraushören und begreifen musste, ohne jemals einen gezielten Englischunterricht zu haben. Natürlich lernen Kinder schneller mit den anderen Kontakt zu bekommen und ihre Worte zu benutzen. Aber da, wo Worte anders gesprochen als geschrieben werden, hat man natürlich nicht wirklich Ahnung von der Sprache, und das bringt neue Schwierigkeiten mit sich. Die deutsche Sprache durften sie im Waisenhaus überhaupt nicht mehr benutzen. Wurde ein deutsches Wort hörbar, hagelte es englische Schimpfworte des unfreundlichen Rektors. Und Schelte – das kann für sensible Kinder, wie Kurt eines war, genau so schlimm wie Schläge sein. Solche Möglichkeiten, gerügt zu werden, boten auch die anderen Tischsitten. Messer und Gabel werden anders benutzt als in Deutschland.

Bald mussten die Kinder wegen der Bombenalarme das jüdische Waisenhaus in Glasgow verlassen und wurden in das kleine Fischerdorf Annan an der schottisch-englischen Grenze geschickt. Kurt und Frank kamen zum

Bäcker einer Genossenschaft. Aber dem Bäcker gefiel die Art nicht, mit der Frank seinen kleineren Bruder schikanierte. So musste er die Familie wechseln. Nun wurde alles ein wenig erfreulicher für Kurt. Der Bäcker fuhr auch zum Fischfang hinaus auf die hohe See. Er nahm den Jungen mit, und das war eine angenehme Abwechslung. Hier durfte er ein klein wenig Kind sein, eigentlich seit langer, langer Zeit, das erste Mal. Die Bäckersleute hatten sogar die Absicht, Kurt zu adoptieren, was aber damals natürlich nicht möglich gewesen ist, zumal ja auch das Schicksal der Mutter ungewiss war. Diese Zeit prägte sich tief in Kurts Herz. In späteren Jahren, als er schon lange wieder in Deutschland war, gedachte er immer des Bäcker-Fischers und seiner Familie. Heute ist der Mann lange tot. Aber seine Kinder leben noch und besuchen Kurt und umgekehrt. Kurts Enkel sind inzwischen auch schon bei Opas zeitweiliger Zufluchtsfamilie gewesen.

In Annan 1939 bei der Kartoffelernte mit den Kindern des Waisenhauses

„Kurt comes home"
titelte eine schottische Zeitung Kurts Besuch bei den Kindern des Fischern in Annan

Als der Krieg begann, hörten auch die Postkarten aus Deutschland auf. Es gab keine Verbindung mehr. Er wusste noch, dass Mutter und Bruder aus dem Großelternhaus ausziehen mussten, und alle Juden im ehemaligen Gemeindehaus zusammen zu wohnen hatten. Die Angst um die Angehörigen wuchs.

Dann wurden die jüdischen Kinder in ein Evakuiertenheim in der Nähe von Greenock beordert. Hier blieb Kurt bis 1942. Er hatte verschiedene jüdische Lehrer. Es gab die unterschiedlichsten Charaktere. Einer entpuppte sich sogar als Faschist. Er kam aus Ungarn und versuchte verschiedene faschistische Maßnahmen und Ziele als gut hinzustellen. Das einzige was er am Faschismus verurteilte, war der Antisemitismus. Es gab auch Zionisten unter den Lehrern. Und der Geschichtslehrer war Kommunist.

Besonders schrecklich ist Kurt auch ein Vorfall in Erinnerung, als er beim Fußballspiel in einen rostigen Nagel getreten war und zu einem alten achtzigjährigen Arzt kam, der ihn falsch behandelte. So bekam er eine schlimme Entzündung und Blutvergiftung, die ihn beinahe das Bein gekostet hätte. Er musste in ein schottisches Krankenhaus und lag in einem

Männersaal mit 300 anderen, die um ihn herum stöhnten, klagten, schnarchten oder auch die jungen Schwestern in ihre Betten zerrten, und auch starben. Niemand war dabei, der ein wenig Freundlichkeit in die Seele dieses kleinen Vierzehnjährigen träufelte, was wichtiger als jede Medizin gewesen wäre.

Was tröstet ein Kind in solchen Lagen? Es klingt ganz einfach, scheint aber einen Grundstein, einen Grundmangel für die Gesundheit zu legen: Einmal bekam Kurt Geld von einem Onkel. Das wurde natürlich im Waisenheim einbehalten, aber er erhielt eine kleine Summe davon in der Woche, über die er selbst verfügen durfte. Da kaufte er sich an jedem Tag Kuchen. Essen als Trost? Als Ausgleich für alle seelischen Defizite? Er hat es sein Leben lang, nicht unbedingt zur Stabilität für seine Gesundheit, beibehalten. Aber nicht nur an sich selbst dachte er dabei. Er sparte sich für einen Kameraden, dessen Geburtstag bevorstand, eine Tafel Schokolade zusammen. Dafür wurde er vom Bruder verständnislos betrachtet. Er hatte an Güte und Mitgefühl eingebüßt in diesen Jahren der Abwesenheit von der Mutter. Das belastete Kurts Verhältnis zum Bruder ein Leben lang.

Kurt wollte schnell erwachsen werden, mithelfen, etwas zu tun, damit der Krieg bald vorbei wäre und die Faschisten geschlagen würden. Deshalb wünschte er auch, die Schule nach der 10. Klasse zu beenden, nach Glasgow zu gehen und in der für den Krieg wichtigen Industrie zu arbeiten. Aber das Waisenhauskomitee besorgte ihm eine Lehrstelle in einer Maßschneiderei in Glasgow.

Dort traf Kurt auf andere deutsche Emigranten.

Die Familie Gerhold nahm sich seiner an. Walter Gerhold arbeitete in einem Betrieb als Werkzeugmacher. Er brachte Kurt dort als Lehrling unter. Hier wurde nun wirklich kriegswichtige Arbeit geleistet. Es entstanden Lehren für Marinegeschosse und Winden für Landeboote.

Wo bist du schöne Mutter?
Wirst du mich nie wieder in den Arm nehmen?

Kurt lernte im Flüchtlingsklub, der in einem dafür gemieteten Haus etabliert war, eine Gruppe der erst kürzlich hier gegründeten Freien Deutschen Jugend kennen und war bald bei den jungen Leuten zu Hause. Ja, er konnte sogar umsonst hier wohnen, und man war froh, dass das Haus in der Nacht nicht leer war. Hier gab es auch eine Küche, und verschiedenste Beschäftigungsmöglichkeiten und Veranstaltungen. Endlich konnte Kurt auch wieder singen. Er trat im Chor mit auf. „Sah ein Knab ein Röslein stehn." Ja auch das, und mit Weh im Herzen, sang er Mutters Lied! Aber das Singen befreite ein wenig von dem ungeheuren Druck. Sie sangen deutsche Lieder, auch schottische. „Vaterland, kein Feind soll dich gefährden" und „Matrosen von Kronstadt", „Partisanen vom Amur" und „Join in the fight, Black and White, wir verändern die Welt". Sie sangen in Kirchen, in Klubs, fuhren in die Dörfer, traten für die Mitglieder der Konsumgenossenschaft und bei der Labour Party auf. Immer war auch ein Redner dabei, der etwas über den Faschismus sagte und über den Antifaschismus in Deutschland und auch darüber, wie es später einmal alles werden sollte. Deutsche Emigranten hatten auch antifaschistische Literatur veröffentlicht, die Kurt und seine Gruppe verkauften. Die Schotten sollten erfahren, dass es nicht nur Faschisten gab, sondern auch Deutsche, die sich gegen sie wehrten. In diesem Kreis fühlte sich auch Kurt aufgehoben und anerkannt. Mit diesen Deutschen – es waren nicht nur jüdische Emigranten – fühlte er sich verbunden, und sie erweckten auch in ihm den Wunsch, nach dem Krieg auf alle Fälle wieder nach Deutschland zurück zu kehren. Er liebte ja dieses, sein Geburts- und Heimatland. Die Mutter hatte immer gesagt, wozu solch Rassenwahn, wozu eine Trennung in Christen, Juden, Atheisten. Wir sind alle Menschen und haben nur dieses eine Leben.

Der Betrieb nun, in dem Kurt arbeitete, säte – trotz der Möglichkeit, hier etwas für den Krieg zu schaffen – Zweifel in seine Seele. Hier wurden die Arbeiter entsetzlich ausgebeutet. Und der Gewinn wurde von dem kapitalistischen Unternehmer abgeschöpft. Dagegen musste man sich wehren. Sie gründeten eine Gewerkschaftsgruppe des Metallarbeiterverbandes und warben die alten Männer und die vielen Frauen, die nicht organisiert waren, Mitglieder zu werden und ihre Rechte einzuklagen. Es ging um bessere Arbeitsbedingungen und höhere Löhne. Das war Kurts erste politische Tätigkeit. Und jeden Abend war er mit der FDJ-Gruppe unterwegs.

Nach einiger Zeit wurde Kurt krank und da hat man ihn entlassen. Ein Grund war gefunden, den Unruhestifter los zu werden. Es gab viele deutsche Emigranten, an die sich Kurt noch bis heute gern erinnert, die sich alle des ernsten stillen Jungen annahmen. Manch Gutes, aber auch manche merkwürdige Haltung von ihnen hatte er dabei zu überdenken. Da war einer, der las nie ein belletristisches Buch, auch später nicht. Er empfand es als überflüssig, von der politischen Arbeit abhaltend.

Mit siebzehneinhalb Jahren meldete sich Kurt freiwillig in die britische Armee, um beim Kampf gegen den Faschismus zu helfen. Nicht alle Antifaschisten, vor allem auch seine kommunistischen Genossen – Kurt war inzwischen in die KPD aufgenommen - haben ihn verstanden. Sie fragten: „Warum gehst du in eine kapitalistische Armee?" Kurt aber hatte nur einen Gedanken, schnell nach Deutschland, Mutter und Bruder finden, das Ende des Faschismus beschleunigen! So wollte er auch ein guter Soldat sein. Schießen und Sport zu treiben fiel ihm leicht, das Stiefelputzen liebte er weniger.

Kurt als Soldat der britischen Armee 1945

Den Krieg hat er dann doch nicht mehr mitmachen müssen sondern kam als Besatzungssoldat, als Dolmetscher, zuerst nach Triest, dann nach Deutschland. „Nun ade, du mein lieb Heimatland", hatten sie damals gesungen als sie fortgeschickt worden waren.

Dann aber gerieten Heines Zeilen „Denk ich an Deutschland in der Nacht, dann bin ich um den Schlaf gebracht", mehr in den Mittelpunkt seines Denkens. Heine – ihn hatte er auch in Schottland angetroffen. Er war dort an der Schule bekannter als Goethe oder Schiller. Heine gehört zu Kurts Lieblingsschriftstellern, besonders auch sein Buch der Lieder mit den schönen Liebesgedichten.

Wie sah es nun aber, zurückgekehrt ins „Liebheimatland", hier aus? Zuerst kamen sie durch Wesel, wo Kurt erschüttert die furchtbaren Verwüstungen der Stadt wahr nahm, die dem Erdboden gleich gemacht erschien. Danach sah er auch andere zerstörte Gebiete, Städte wie Hannover und das heimatliche Ruhrgebiet.

Später wurde er in Mühlheim stationiert. Hier nun die furchtbare Gewissheit: Mutter hatte die Aufforderung bekommen, sich zum Transport zu melden. Was das zu bedeuten hatte, wussten sie inzwischen. Hans, der nicht wollte, dass die Mutter allein fort ginge, war freiwillig mit ihr gezogen. Er hatte auf die vage Möglichkeit, vielleicht doch noch versteckt, gerettet zu werden, der Mutter zuliebe verzichtet. Beide waren mit einem Transport gen Osten gefahren worden und man hatte nichts wieder von ihnen gehört. Also Auschwitz? Was haben sie gedacht, als sie der Zug immer weiter nach Osten rollte?

Wusste Hans, dass ihm keine Zeit mehr für Träume, für die Zukunft, für das Zusammensein mit seinem kleinen Bruder Kurt, für eine Familie mit eigenen Kindern geblieben war? Wo sind sie angekommen? Was ist ihnen geschehen, wem galten ihre letzten Gedanken? Unbeantwortbare Fragen, auch nach Jahren für Kurt noch quälend über jedem nach Osten führenden Eisenbahngleis hängend.

In Mühlheim traf Kurt auf der Straße einen etwa gleichaltrigen Bekannten, einen, mit dem er in seinen frühesten Jahren manchmal heimlich gespielt hatte, dem es seine katholischen Eltern erlaubt hatten. Kam ein zweiter hinzu, der tippte Kurt kurz an und sagte: „Man hätte Euch alle umbringen müssen. Die Übriggebliebenen werden sich schrecklich rächen, und darunter müssen wir dann leiden."

Dann gab es auch solche, die überhaupt nicht sehen wollten, dass der Krieg verloren war. Kurt stand, als englischer Soldat Wache. Zogen drei vorüber und sangen ihm ins Gesicht: „Wir werden weiter marschieren, wenn alles in Scherben fällt. Denn heute gehört uns Deutschland und morgen die ganze Welt." Sie dachten, dieser englische Soldat verstehe sie sowieso nicht. Kurt gebot ihnen auf Deutsch, stehen zu bleiben, als sie es nicht taten, schoss er über ihre Köpfe in die Luft. Sie wurden dann von der Streife festgenommen und verurteilt. Aber nicht wegen des Naziliedes sondern weil sie der Aufforderung stehen zu bleiben, nicht nachgekommen waren.

In Mühlheim war Kurt auch Verwalter eines großen Kohlenplatzes für den Militärstützpunkt. Dankbar denken noch heute einige Leute daran, wie die britischen Lastwagen vor bestimmten Türen, etwa bei der FDJ, beim Parteibüro, bei Genossen, die bekannt waren, Kohlen „verloren", die in diesem harten Winter so rar waren.

Diese Hilfe für Deutsche wurde natürlich von der britischen Armee nicht unbedingt gern gesehen. So wurde der Stabsfeldwebel Kurt Gutmann, der Jüngste wohl, den es damals in der schottischen Armee gegeben hatte, wieder zum Korporal rückbefördert.

Nie wird es Gewissheit geben, welche Träume Hans Gutmann mit in den Tod genommen hat

Von anderen Verwandten gab es nur noch den Cousin der Mutter, der in der Pogromnacht bei ihnen untergetaucht war. Er lebte, weil seine arische Frau zu ihm gehalten hatte. So entging er der Vernichtung und musste „nur" in ein Arbeitslager, aus dem er schwer herzkrank, zurückkehrte.

Wohin also nun mit Kurt? Natürlich wollte er nicht länger bei der Army bleiben. Hatte er sich freiwillig aufnehmen lassen, so wollte er nun 1948 - freiwillig ausscheiden. Das dauerte noch eine Weile, während der er als Angehöriger der Armee nicht politisch tätig sein durfte.

Die Freunde, Kommunisten, waren meist aus Berlin. Also ließ er sich entlassen, (Kurt berlinerte schon, ehe er auch nur einen einzigen Fuß auf Berliner Gebiet gesetzt hatte.) und nach einem kurzen Aufenthalt im Ruhrgebiet kam er dann nach Berlin und hat gleich in einem Pankower Metallbetrieb begonnen zu arbeiten.

Eigentlich müsste nun hier seine weitere, eine sehr lichte Geschichte kommen, die dem ehemals jüdischen Kind Kurt, nun 21 Jahre alt, einen Ausgleich für alle erlittenen Ungemache der Kindheit brächte.

Aber es war nicht ganz so. Dass er in westlicher Emigration gelebt hatte, noch dazu ein Mitglied der britischen Armee gewesen war, bereitete ihm mitunter weitere Ungelegenheiten. Er hatte das Pech, auch auf engstirnige Kommunisten zu treffen, die in ihm einen Unsicherheitsfaktor vermuteten und misstrauisch seinen weiteren Lebensweg beargwöhnten. Sie wussten, dass sein Bruder in England verblieben war. Und so wurde Kurt eigentlich nicht so behandelt, wie er es dringend gebraucht hätte. Da wäre zunächst notwendig gewesen, dass man ihn psychologisch behandelte, dass man ihm geholfen hätte, sich vom Trauma der Kindheit zu befreien. Aber dafür war 1948 keine Zeit, es bestand auch keine Einsicht in solche Notwendigkeit. Erst viel später hat man begonnen, die helfende Hand oder das Ohr der Psychologen für seelische Probleme, die sich aus großen Unglücksfällen ergaben, einzusetzen. Stattdessen gab es immer wieder einmal neue Nackenschläge, und manchmal ermüdete er, sich zu wehren.

Eines Tages dann auch noch ein Anruf von der Jüdischen Gemeinde in der Oranienburger Straße in Berlin. „Sind Sie Herr Gutmann?" Kurt bejahte. „Ihre Mutter hat sich aus Israel gemeldet." Er erschrak. „Ich habe aber doch Nachricht, dass sie in Auschwitz umgekommen sei. Sie kann gar nicht in Israel sein." Ein irrsinnig freudiger Blitz durchzuckte ihn. Aber dann die Nachfrage: „Sie sind doch Herr Rudi Gutmann?" Nein – das war er nicht. Vom Himmel in die Hölle gestoßen. Wenn das nicht ein Menschenherz beschädigen soll, was dann?

Dennoch war die DDR Kurts neues Heimatland, an dem er hing, für das er in verschiedensten Funktionen arbeitete, das er nie mehr verlassen wollte. Das Beste an diesem Land war der konsequente Antifaschismus von ganz oben bis ganz unten. Wie anders war es dagegen im anderen Deutschen Staate. Als Kurt 1956 zu einem Besuch bei einem Verwandten im Westen war, erlebte er, dass schon wieder eine antisemitische Parole an dessen Tür geschmiert worden war.

Einmal hatte auch er auf einer Bahnfahrt nach Leipzig so ein böses Erlebnis. Ein Fremder sprach ihn, auf sein VDN-Abzeichen hinweisend, an und meinte, dass er auch einer sei, den man vergessen hätte zu vergasen und griff ihn tätlich an. Kurt, der sich solches nicht gefallen ließ, sorgte dafür, dass dieser Mann gerichtlich zur Verantwortung gezogen wurde. Es stellte sich heraus, dass er der Sohn eines SS-Offiziers war.

Kurt während seiner Berufszeit als Dolmetscher verschiedenster
englisch sprechender Gruppen
Mit chinesischen Journalisten,
mit einer indischen Delegation
mit Claude Lightfood von der KP der USA

Heute nun, in der Bundesrepublik Deutschland, geht es Kurt mitunter wieder sehr schlecht, wenn er sieht, wie die neuen Nazis marschieren, wie sie frech ihren Kopf erheben, schon wieder eine miese Losung auf sein Auto schmieren und sogar in Landesparlamente eingezogen sind.
Seine Enkelin Raja trägt das durchgestrichene Hakenkreuz am Revers. Das beruhigt ihn und er weiß, dass sein wichtigstes Anliegen auch von den jungen Leuten weiter getragen wird.

Kommen wir auf den Anfang der Geschichte zurück, auf die stillen, schlichten Lieder in Mutters Stube gesungen, gehört. Sie blieben das, was ihm am besten die Seele lockerte und Freude brachte. Er schloss sich zuerst dem Chor der DSF an und später dem Ernst Busch-Chor, dem er noch heute angehört. Natürlich hat es auch andere gute Ereignisse gegeben: Seine Familie, die Kinder, die Enkel. Ihre Entwicklungen. Die Genugtuung auch, dass sie alle gute Schüler waren, tüchtige Menschen sind und auch politisch auf seiner Seite stehen.
Gern erinnert er sich auch der vielen ausländischen Delegationen, in denen er übersetzen durfte.
Manche Leute, die ihn einst beargwöhnten, werden heute in einem ganz anderen Staate auch schief angesehen. Kurt aber ist seinen

Anschauungen und Zielen treu geblieben. Er ist ein konsequenter Antifaschist, und die einfachen Lehren seiner Mutter: „Man muss teilen. Alle Menschen sollen gleich behandelt werden. Arm und Reich, das muss nicht sein." sind auch seine Maxime.
Wenn er darüber nachdenkt, wie die Familie der Mutter eigentlich hätte mehr helfen müssen, wenn er vom Bruder Fritz-Frank und dessen Verhalten spricht, so gibt es doch immer wieder am Schluss seine Feststellung: Nicht sie sind schuldig, sondern die Nazis, die alles Unrecht, was ihn und die Seinen betraf, verursacht hatten.

Kurt hat seine körperlichen Schäden, Schwächen, eine operierte Wirbelsäule, aber er tut, was er noch kann, ist da, wenn gegen neue Nazis demonstriert wird, singt im Ernst-Busch-Chor - kann manchmal nur schwer so einen Auftritt über"stehen". Und manchmal singt er mit kräftiger tiefer Stimme einen Solopart.

Wer von uns Zuhörern dieses Chores weiß, was sie alle bewegt, die hier singen? Jeder hat seine Geschichte.

Wir klatschen ihnen Beifall, freuen uns über die Lieder, die Jugend, Kampf, gewonnene und nicht gewonnene Schlachten und schlichte Gefühle beinhalten. Sie erwecken in uns Erinnerungen.

Und da ist Kurt, der seine Seele in diese Musik, in die Lieder hineingibt und vor uns ausbreitet. Sie ist das Wertvolle und auch das Besondere in seinem Leben.

Kurt mit dem Ernst-Busch-Chor

*Eingeladen vom schottischen Regiment 1992,
in dem Kurt drei Jahre gedient hatte*

Einige von Kurts Lieblingsliedern

Sah ein Knab ein Röslein stehn,
Röslein auf der Heiden.
War so jung und morgenschön,
lief er schnell, es nah zu sehn,
sahs mit vielen Freuden.
Röslein, Röslein, Röslein rot,
Röslein auf der Heiden.

Knabe sprach, ich breche dich,
Röslein auf der Heiden,
Röslein sprach: Ich steche dich,
dass du ewig denkst an mich
und ich wills nicht leiden.
Röslein, Röslein, Röslein rot,
Röslein auf der Heiden.

Doch der wilde Knabe brachs
Röslein auf der Heiden.
Röslein wehrte sich und stach,
half ihm ja kein Weh und Ach,
musst es eben erleiden.
Röslein, Röslein, Röslein rot,
Röslein auf der Heiden.

Wer möchte nicht im Leben bleiben
Text: Küchenmeister Musik: Schwan

Wer möchte nicht im Leben bleiben,
die Sonne und den Mond besehn,
mit Winden sich umher zu treiben
und an Wassern still zu stehn.

Wer möchte nicht im Leben bleiben,
den Mensch und Tieren zugesellt?
Wer ließe sich denn gern vertreiben
Von dieser reichen, bunten Welt.

O lasset uns im Leben bleiben,
weil jeden Tag ein Tag beginnt.
O wollt sie nicht so früh vertreiben
alle, die lebendig sind.

Das ferne Lied
Johannes R.Becher

Am Abend ist ein Summen,
das seltsam uns durchdringt.
Es ist das Heer der Stummen,
das in der Ferne singt.
Sie haben stumm gelitten,
sie mussten stumm vergehn,
Es summt, als würden mitten
in uns sie still erstehn

O Leiden unermessen,
die keiner je ermisst
Sagt, habt ihr schon vergessen,
was uns geschehen ist?
Es ist ein zitternd Fragen,
das an das Herz uns rührt.
Wer kann zu sagen wagen,
dass keine Schuld er spürt.

Der Wind raunt in den Zweigen
Von Spuren, die verweht.
Die Toten schweigen, schweigen!
Das Schweigen wird beredt.
Es schweigen hoch die Sterne
Und auch der Wind verstummt.
Ein Lied singt in der Ferne
Und summt in uns und summt.

Am verborgenen Ufer

Musik M.Theodorakis, deutsch K-P.Schwarz

Wir schrieben all die Namen in den Sand:
Frau, Freund und Feinde, Stadt und Haus.
Leicht nur der Wind, doch wie mit nasser Hand
Strich uns das Meer die Toten aus.

Dann standen wir am Strand und wussten nicht,
ob Friedhof, ob Hafen er war.
Durst hatten wir im grellen Mittagslicht,
so warm das Wasser, salzig hart.

Die Pflicht zu lieben und stets stark zu sein,
Sehnsucht und Leid ohne Warum.
Das luden wir uns auf und gingen.... nein,
wir nahmen sie und kehrten um.

Zieht nun in neue Kriege nicht
Berthold Brecht

Ihr, die ihr überlebtet in gestorbenen Städten,
habt doch nun endlich mit euch selbst Erbarmen!
Zieht nun in neue Kriege nicht, ihr Armen,
als ob die alten nicht gelanget hätten:
Ich bitt euch, habet mit euch selbst Erbarmen!

Ihr Männer greift zur Kelle, nicht zum Messer!
Ihr säßet unter Dächern schließlich jetzt,
hättet ihr auf das Messer nicht gesetzt,
Und unter Dächern sitzt es sich doch besser.
Ich bitt euch, greift zur Kelle, nicht zum Messer!

Ihr Kinder, dass sie euch mit Krieg verschonen,
müsst ihr um Einsicht eure Eltern bitten.
Sagt laut, ihr wollt nicht in Ruinen wohnen
Und nicht das leiden, was sie selber litten:
Ihr Kinder, dass sie euch mit Krieg verschonen!

Ihr Mütter, da es euch anheim gegeben,
den Krieg zu dulden oder nicht zu dulden,
ich bitt euch, lasset eure Kinder leben,
dass sie euch die Geburt und nicht den Tod
                            dann schulden!
Ihr Mütter, lasset eure Kinder leben!

**Danke meinen guten Kameraden
aus der Zeit in Glasgow:**

Phini und Walter Gerhold
Hugo und Herta Gräf
Ilse und Ernst Langguth
Erwin Jacobi
Leni und Hermann Leupold
Ruth und Kurt Krenn
Alice Michelsen
Gerti und Hartmut Colden
Wolfgang Colden
Alice und Stefan Igaz

aus dem schottischen Annan:

Florence und James Chalmers
Aileen und Georg Chalmers
Vina und Angus White
Isabelle Lattimer

Danke meinen Nächsten, die mich, mit den Schatten meiner Vergangenheit ausgehalten haben und noch aushalten:

Meine Frau Inge,
meine Kinder Elke und Hans-Joachim
    Kurt Gutmann

Nachtrag:

Nicht namenlos versunken sein

Eines Tages sitzt Kurt im Zug nach Polen. Es ist ein sonniger Spätsommertag im Jahre 2005. Neben sich hat er seine Enkelin Tanja.
Sie sind auf dem Weg, den seine Mutter und Bruder Hans im Jahre 1942 vor so langer, langer Zeit, gefahren sind.
Kurt und Tanja haben Proviant in ihren Rucksäcken, etwas zum Essen für die Fahrt und selbstverständlich auch Getränke. Sie sitzen bequem. Um sie herum sind freundliche Leute.
Mutter und Bruder damals, das wissen wir, lagen oder hockten in Güterwagen, eng zusammen gepresst, hatten Hunger und Durst, aber sie bekamen nichts. Ihre Reise dauerte viel länger als die heutige, sie waren tagelang unterwegs. Ihre Waggons standen oft auf einem Abstellgleis, weil Militärzüge vorgelassen wurden. Es herrschte ja Krieg.
Sie wurden von der bangen Frage bewegt, was erwartet uns? Wirklich, wie versprochen, ein Arbeitslager oder der Tod? Was für ein Tod? Die Mutter mag die Hand des Jungen gehalten, ihn mit ihrer Liebe gewärmt und getröstet haben. Und er – umgekehrt, wird sie gestützt und

beschwichtigt haben, wie man es tut, wenn man Schlimmes, ganz Schlimmes, nicht wahr haben möchte.

Kurts Nachforschungen haben ergeben, dass ihre Namen auf der Transportliste von Mühlheim nach Izbica vermerkt sind. Izbica, die kleine polnische Ghetto-Stadt, sollte also das Ziel der Fahrt sein. Die SS hatte die jüdischen Bürger in Izbica gezwungen, Karten an ihre Angehörigen in Deutschland zu schreiben, die verkünden sollten, dass es ihnen gut ginge und sie Arbeit hätten. Wahrscheinlich wollte man die Unruhe in Deutschland nicht zu groß werden lassen. In jenen Tagen des Jahres 1942 aber, als Mutter und Sohn Gutmann fahren mussten, war das Ghetto längst geschlossen, die Juden sind umgebracht worden. So wurden die Transporte nach Sobibor, Belzec und Treblinka weiter geleitet. In Sobibor allein kamen 250 000 jüdische Bürger in den Gaskammern ums Leben.

Irgendwo also unter diesem Himmel hatten Mutter und Bruder das letzte Mal Atem geschöpft, ehe sie in den Tod gingen. Überlebende ihres Transports gab es nicht. Es bleibt also die Unabänderlichkeit, dass die Spuren hier enden. Kurt hat Sobibor als Ort ihres traurigen Todes für sich akzeptiert. Aber er will nicht, dass diese beiden, ihm so nahen Menschen nur in seinem Herzen einen Platz haben.

So ist er zufrieden, dass er eine Gedenkplakette auf einem Stein in der Allee der Erinnerung für die Opfer von Sobibor anbringen lassen kann.
Eine Tanne wird daneben stehen und wachsen. Die viel zu kurze Geschichte und die Fotos der beiden kann man im Museum des ehemaligen Vernichtungslagers finden.
Kurt wird das traurige und bewegende Schicksal seiner Angehörigen immer wie eine bedrückende Last zu tragen haben, so lange Leben in ihm ist. Aber es macht ihn ruhiger zu wissen, in Sobibor sind ihre Namen eingemeißelt und somit im Gedächtnis der Menschheit aufbewahrt.
Viele Namen aber sind nur auf den Transportlisten vermerkt. Deshalb hat Kurt auch noch für eine zweite Familie eine Gedenkplatte gestiftet, die niemanden mehr hat, der ihr diese Ehre erweisen kann.
Jedes Jahr kommen neue Steine der Erinnerung dazu, verlängert sich die Allee gegen das Vergessen. Die Zeugnisse ihrer Untaten wollten die Nazis unkenntlich machen. Sie ebneten vor ihrem Abzug die Gaskammern ein, bedeckten die Massengräber mit Gras und Pflanzen. Aber die wenigen Überlebenden kannten den Weg, der von den Bahngleisen direkt in die Gaskammern führte. Er wächst heute zur Allee der Erinnerung. Die Nazis haben es nicht geschafft, dass diese jüdischen Menschen namenlos versunken sind.

Mit jedem der herkommt, eine Blume oder einen Stein niederlegt, im Museum die Geschichten nachliest, erfahren sie die Achtung, die man ihnen verwehrte, als man ihnen das Kostbarste, was uns Menschen gegeben ist raubte:
Das Leben!

Wege des Schreckens – Allee der Erinnerung

Auskünfte über den Kauf eines Steines und die
Anfertigung einer Gedenkplatte erteilt:
Bildungswerk Stanislaw Hantz e.V.
Dörnbergstr. 12, 34119 Kassel

Studiengruppe von jungen Deutschen und polnischen Studenten, die Erinnerungsstätten 2005 in Polen besuchten.

Auswertungsgespräch in der Unterkunft der Studiengruppe im polnischen Kloster

Kurt bei einer Ehrung auf dem jüdischen Friedhof in Izbica

Tafel aus dem Museum des ehemaligen Ghettos in Lublin

Die Gedenkstätte Belzec

Schüler aus Izbica enthüllen eine Gedenktafel im jüdischen Friedhof von Izbica

Sobibor - Endstation der Hoffnung

www.ingramcontent.com/pod-product-compliance
Lightning Source LLC
Chambersburg PA
CBHW050019230526
45470CB00003B/1039